Los trenes subterráneos

Quinn M. Arnold

CREATIVE EDUCATION

semillas del saber

Publicado por Creative Education
P.O. Box 227, Mankato, Minnesota 56002
Creative Education es una marca editorial
de The Creative Company
www.thecreativecompany.us

Diseño de Ellen Huber
Producción de Angela Korte y Colin O'Dea
Dirección de arte de Rita Marshall
Impreso en los Estados Unidos de América
Traducción de TRAVOD, www.travod.com

Fotografías de Alamy (Batchelder, Randy Duchaine), Bigstock (Scanrail, toxawww), Dreamstime (Nerthuz), iStockphoto (75tiks, DougSchneiderPhoto, Ed-Ni-Photo, jeangill, LeoPatrizi, MarioGuti, Meinzahn, olaser, rkankaro), Shutterstock (Azami Adiputera, Belish, Mariola Anna S, saoirse2013, Roman Vukolov)

Información del Catálogo de publicaciones de la Biblioteca del Congreso is available under PCN 2019930511.
ISBN 978-1-64026-273-7 (library binding)

TABLA DE CONTENIDO

¡Hola, trenes subterráneos!

СИНЕРГИЯ-2

Los trenes subterráneos son trenes de pasajeros. Cientos de personas viajan en los vagones de un tren subterráneo.

Los anchos trenes subterráneos se desplazan por las vías férreas.

Los trenes subterráneos pasan por túneles por debajo de las ciudades. Paran en las **estaciones**.

Las puertas del tren subterráneo se abren y cierran deslizándose. Los pasajeros suben y bajan del tren.

En su interior, algunas personas se sientan.

Otros viajan parados. Se agarran de caños.

¡Los trenes subterráneos son rápidos! Los trenes funcionan con electricidad. Un tercer riel alimenta los motores del tren subterráneo.

БЛОК УПРАВЛЕНИЯ БУ
ВВОД

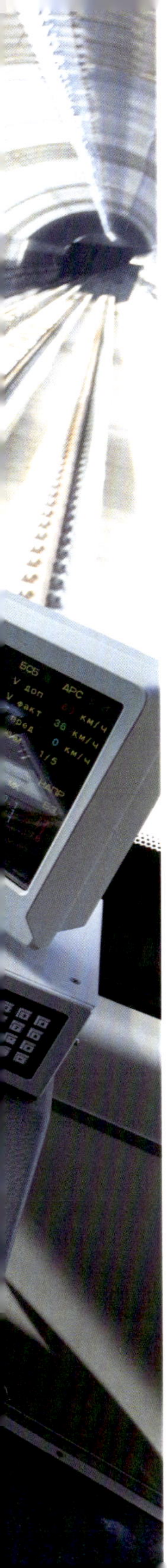

El operador viaja en el vagón del frente. Esta persona conduce el tren. El **guarda** les habla a los pasajeros.

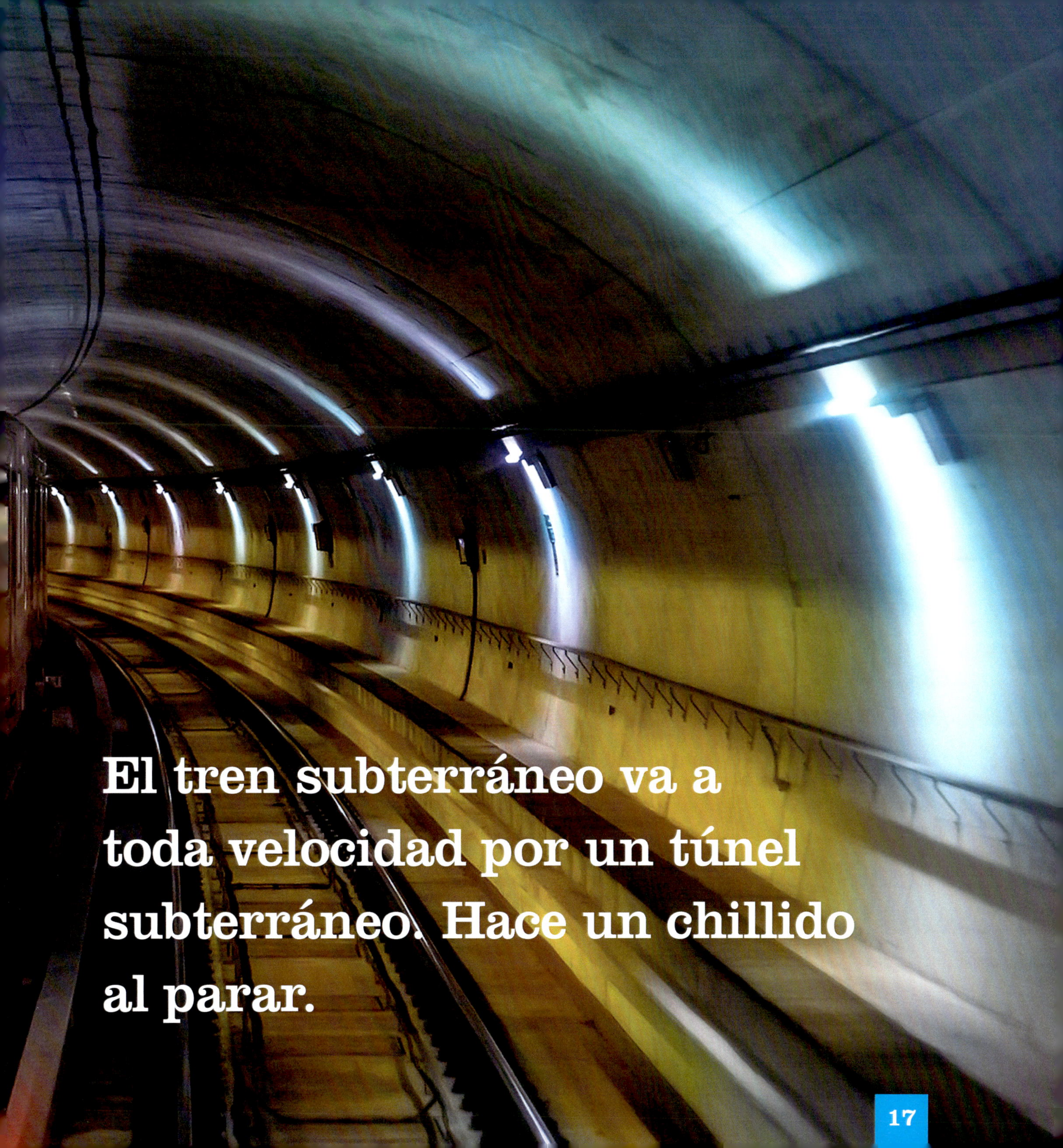

El tren subterráneo va a toda velocidad por un túnel subterráneo. Hace un chillido al parar.

¡Adiós, trenes subterráneos!

7
7269
1631
HJB

Dibuja un tren subterráneo

caño
asientos
luces

Palabras que debes saber

estaciones: lugares donde los pasajeros suben y bajan del tren

guarda: persona a cargo del tren

motor: la máquina que da potencia a un vehículo y lo hace moverse

vagones: partes de los trenes donde viajan los pasajeros o se transportan mercancías

Índice